小孩遇見詩

五個媽媽

編者的話

夏夏

「真沒想到有一天會成為媽媽。」

不管過多久，看到熟睡的孩子躺在床上，還是會忍不住這麼想。

跟很久沒見到的朋友見面，聊起孩子成長的點點滴滴，也會忍不住這樣說。

成為父母，並非只在孩子誕生的那一刻，而是不停變化。在孩子的每個階段都會一再被衝擊：「原來這就是為人父母啊。」

在這個持續且不算短的過程中，越來越多父母會開始思考，如何保有原來的自己，又能夠無私地奉獻呢？或者應該說，該如何在肩負親職的同時，也能夠從事興趣，讓孩子從旁體會到：「原來做自己喜歡的事情是這麼快樂。」

這次邀請參與的作者都是長年寫詩、文字與音樂的創作者。在創作的漫漫年歲，慢慢進入人生下一個階段，成為父母、成為孩子的老師，慢慢地用詩紀錄著每個階段的體悟。而每位作者身邊的孩子也都分別處於不同的年齡，正經歷不同的學習歷程。

編輯的過程裡，我們反覆討論什麼是童詩？在每一個用詞、斷句、空格的斟酌中，該如何用詩的語言進入孩子的世界？或者說，該如何讓孩子的世界進入詩的語言？

我很喜歡詩人吳俞萱在討論時提到的：「小孩無法用自己的經驗去『駕馭』一首詩，而是在反覆唸誦這首詩的過程之中，慢慢接觸到一個大於自己的世界，並在生活中繼續帶著困惑，慢慢貼近一種複雜難解的東西。這樣的閱讀經驗，有點像小孩剛長齊牙齒，我們不再為他們剪碎食物，讓他們開始練習用自己的牙齒來磨碎和撕斷大而難咬的原形食物。」

在保有最初的詩意與靠近孩子閱讀理解能力之間，感謝每位作者不厭其煩地思考、取捨、打磨，盡可能地用詩去貼近孩子。也讓我在每次的對話中，一次又一次推翻既有的認知，經歷孩童世界的洗禮。

這段時間裡，我剛好經歷第二次懷孕，肚腹中的孩子比第一胎更加活潑，日夜不停拳打腳踢，強烈提醒我他的存在。隨著截稿日期迫近，正值溽暑，預產期也即將到來，行走與移動變得越來越吃力。在睡不著的清晨，打開電腦，細細整理稿件，於我就如同鉤織著孩子誕生時即將穿戴的衣物般，寧靜而滿足。能夠一邊做著自己喜歡的事情一邊等待孩子的到來，是最幸福不過的了。

也衷心期待每個孩子能夠在詩中領會到每位詩人媽媽、詩人爸爸、詩人老師想要傳達的，關於自然的美好與生活的喜怒哀樂。不論未來讀詩或不讀詩，都能夠快樂的做著自己喜歡的事情。

目錄

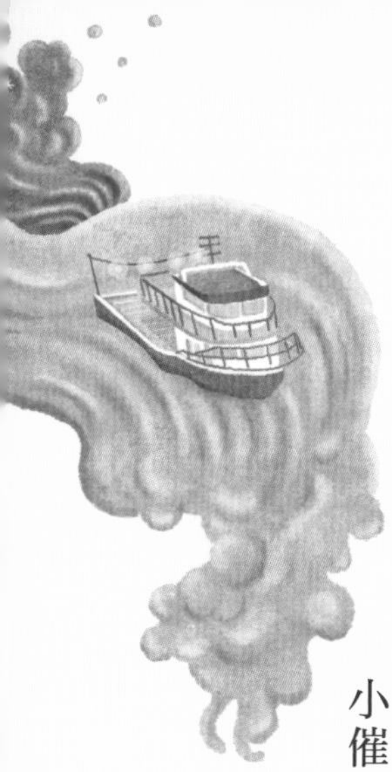

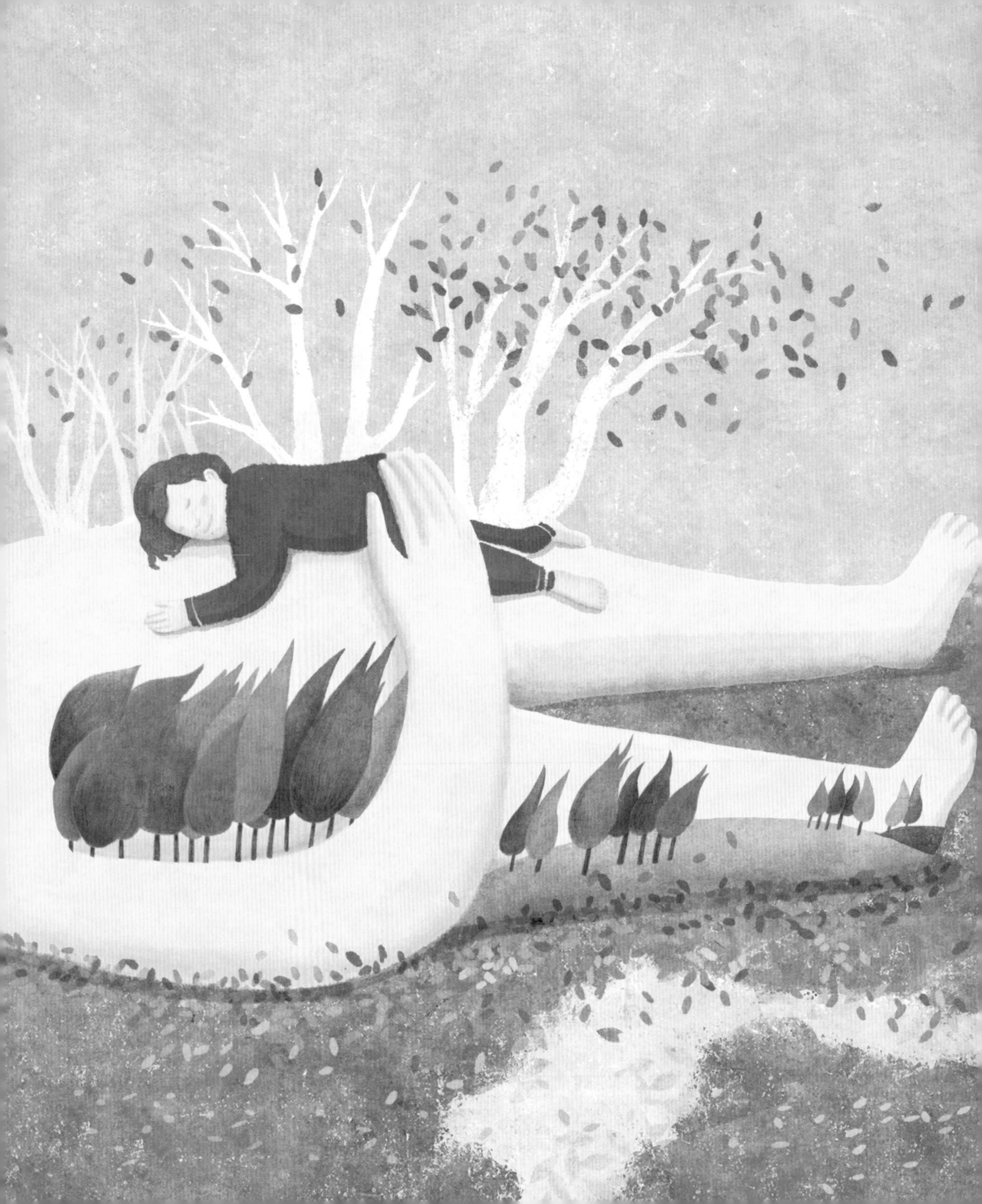

我要

吳俞萱

打開衣服
我要露出肚臍
我要被風吹
害媽媽哭
害媽媽跟我一起生病
一起針灸
一起躺在病床上
像小黑點躺在猴子的肚肚
我要躺在媽媽的肚臍上
幫媽媽擋風

外套

游書珣

冬天的時候
我喜歡待在自己那棟
溫暖的小房子
牆壁裡有軟軟的棉花
門上有長長的拉鍊
一條短短的煙囪
兩扇窗，一左一右
我把雙手伸出窗外
把頭探出煙囪

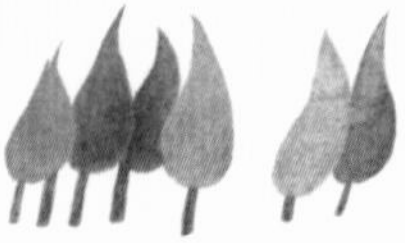

對面有棟大房子
媽媽也從那裡探出頭和手
熱情的對我說：「哈囉！」
媽媽，妳想來我家玩嗎？
抱歉喔——
我的房子太小，只容得下
一個我

朋友

吳俞萱

你全身泥巴
我也認得你

你變泥巴
我也認得

吃飯

林夢媧

親愛的
每天都乖乖吃飯吧
不論是家人煮的
還是外面買的
吃東西不是為了長大
而是為了
把你身體裡面那些
帶你飄得好遠好遠的
棉花糖一樣的白雲
撈回來
回到這間房子裡看看我
我已經坐在餐桌

邊走邊玩

潘家欣

走樓梯可以歪歪的走
扁扁的走
重重的走小小的走
一次兩階然後摔一跤
媽媽！

路上有小水坑
要踩一下還是一直踩
黑手伯伯在路邊修機車
鈑手亮晃晃的
螺絲釘掉了，趕快跑去撿

拉著媽媽的手就可以吊單槓
斑馬線高高低低的唱
遇到小狗就停下來揮手
手上的紅豆麵包
掉下去了

不要咬人

潘家欣

媽媽說：好孩子
不要咬人！

我跟蚊子說：好蚊子
不要咬人！
蚊子還是咬了我
一咬咬了
三大口

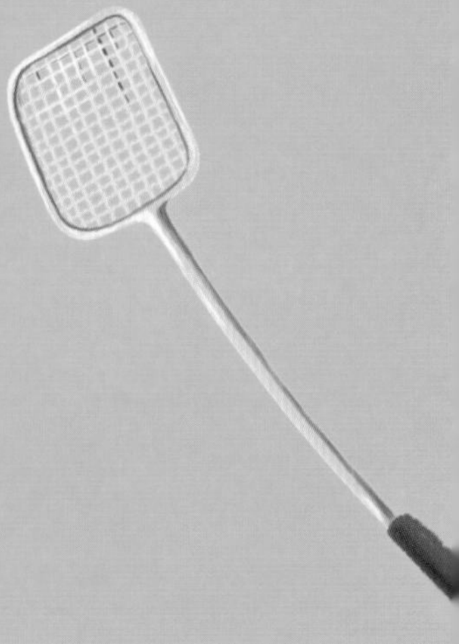

媽媽說：不要咬人！
可是
我還是咬了妹妹
三大口

蚊子咬我
我打蚊子
我咬妹妹
妹妹打我

五個媽媽

游書珣

我有五個
長得一模一樣的
媽媽

一號負責打掃
二號負責煮飯
三號去公司上班
四號陪我玩
等大家都睡了以後
五號就起來抓蚊子

五個媽媽分工合作
真是太好了
萬一媽媽只有一個的話
不就每天忙得
團團轉？

生病

潘家欣

媽媽說，生病就是呀
細菌跑到我的身體裡面了
身體是一間大房子
細菌跑呀跑
從手指跑到嘴巴
又從嘴巴跑到肚臍
然後，噗噗！
從屁股跑出去了！

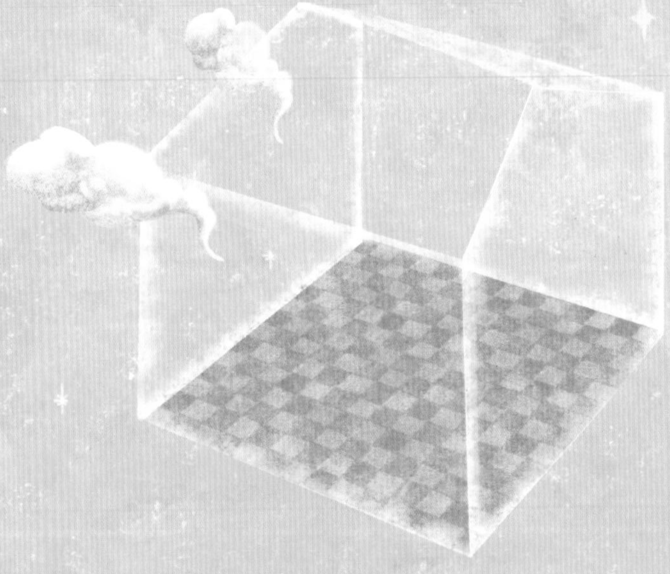

細菌跑完一圈
我的病就好了
媽媽呀，細菌怎麼
跑了三天
病還沒有好
會不會迷路了
會不會玩到忘記回家了

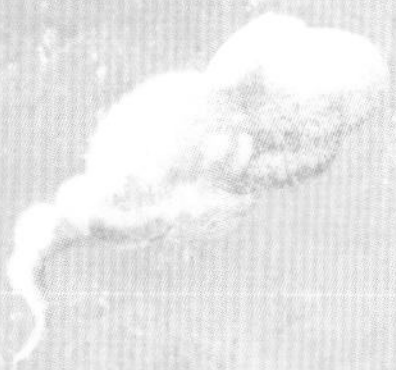

睡前通話

林夢媧

今天，你過得都好嗎
好晚了
我們就不說故事
睡前我們一起玩玩具
吃晚餐並收拾桌子
然後洗澡刷牙
以後如果
我不在的時候
你記得也要這樣做
在每一個日子裡
安頓自己
我也想你

夜裡的媽媽

蔡宛璇

昨天夜裡，我靜悄悄的
走到你床邊
我把你的手輕輕握住
一點點，媽媽，
這是因為我覺得有時候
你也會有一些些傷心
可是你從來不會
讓它自己爬到你的臉上

今天夜裡，我要安靜的
去你身邊躺下
我會把我手指頭輕輕
碰著你的，媽媽，
這是因為我想有的時候
你也會需要覺得安心
雖然常常都是我
吵著你的陪還要你的親
媽媽……

會吵到別人

林蔚昀

小步和媽媽去旅行，
旅館房間有樓中樓，
小步開心的爬上爬下，
還從樓上跳下來，
媽媽說不要跳已經很晚了會吵到別人。
小步要去樓下拿玩具，
媽媽說不要用跑的已經很晚了會吵到別人。
小步邊看電視邊笑，
媽媽說小聲一點已經很晚了會吵到別人。
過了一會兒媽媽出去，
把門關上後發現，
小步和電視的聲音不會傳出去不會吵到別人，
但他們在裡面聽得到別人說話的聲音和別人看電視的聲音。
一直不要吵到別人，
結果反而被別人吵到。

小步好無聊

林蔚昀

小步放假在家好無聊。
媽媽說：「專家說要讓小孩無聊，
這樣對小孩有好處。」
小步想屁啦。[註]
這只是大人不想陪小孩玩的藉口吧。
小步好無聊所以他去看書，
媽媽說不要看太久眼睛會看壞。
小步去玩樂高，弟弟把樂高弄壞，
小步打了弟弟。
媽媽說不可以打他，他還小不懂事。
小步躺在沙發上說好無聊喔。
媽媽說：「無聊那你怎麼不去做家事、陪弟弟玩，
我那麼忙，我想要無聊都不能無聊。」
小步回自己房間，想：「好無聊喔。」

註 家長如果覺得不妥，可以把「屁啦」改成「怎麼可能啦」、「最好啦」。

什麼聲音

瞇

什麼聲音什麼聲音？
咕嚕嚕－咕嚕嚕
ㄍㄧ哩ㄍㄧ哩噗噗噗

你的喉嚨呀
果汁溜滑梯下去的聲音呀

你的肚子啦
小寶寶跳舞的聲音啦

你的屁股啦
是你的屁股在唱歌啦

吃糖歌

Children Song in Vermont

曹疏影

蜘蛛迎著光
滿意它的小網子

河水迎著光
滿意它的小石子——

金盞花迎著光
滿意它的小蕊子

媽媽迎著光
在佛蒙特[註]
想念我的小孩子

閉眼就是金雨
世界湧動金的海了

我的小孩子迎著光
吃下一顆糖果
滿意她和他　圓又圓的
小肚子

註：佛蒙特，地名。位於美國北部，有廣大的森林，冬天時異常寒冷。

誰醒過來了

蔡宛璇

黑濛濛的海面下，天還沒亮
各種魚醒過來了，一起大合唱

灰茫茫的樹林間，天快要亮
小鳥們醒過來了，一起大合唱

金閃閃的草坡裡，天剛剛亮
蟲子們醒過來了，一起大合唱

暖洋洋的被窩……太陽曬屁股啦！
人類的孩子一個個醒過來了
所有的小肚子，一起大合唱

時間

郭彥麟

媽媽說快一點
時間不等人的

如果，把電池拔掉呢？
不行，時間不住在鬧鐘裡

如果，冰在冷凍庫呢？
不行，時間不住在牛奶裡

那如果，存到銀行裡呢？
不行，時間也不住在提款機裡

媽媽突然說
時間到了

原來
時間住在媽媽的心裡

滑手機

蔡文騫

大人每天都在滑手機
爸爸說因為世界變得太快
他一滑手指

有些颱風在很遠的海上形成
有些星星在更遠的天空被發現了

我坐在落地窗前
用小手指揮一揮
雲朵變成融化的冰淇淋滴下來
躲貓貓的太陽被我找到了
棒棒糖伸長為一道甜甜的彩虹

我把爸爸拉到窗邊
一起滑滑鏡面裡的倒影

我又變高了
爸爸的肚子也變胖了

給沛沛

蔡文騫

ㄅ是爸爸
ㄆ是沛沛
ㄇ是媽媽
ㄈ是魔法，是你
你是每天不斷長大的魔法
一聲是趴趴
二聲是爬爬
三聲是跑跑
四聲是碰碰
我們牽著小寶寶
從一聲走到四聲
有時候太急也會碰碰跌倒但不怕
爸爸媽媽再用輕聲
輕輕而緊緊的把你抱起

去地下室看斑馬

廖偉棠

妹妹常邀請哥哥
去地下室看斑馬
去浴缸裡找鴨子
去沙發上聽魚唱歌

哥哥看見兩棵猴麵包樹
捧出可頌和可可
那是爸爸和媽媽
領他像猴子一樣過河

去地下室看斑馬
去地下室看斑馬
突然叮咚敲門聲
斑馬帶著陽光來我家

愛

小孩的愛

瞇

小尋寫了一個愛
我說
心好像少一點
小煦說
又的旁邊少一畫

小尋說
這是小尋的愛
跟你的愛不一樣

小煦聽了
也寫了一個愛
「你看我的愛長這樣」

小尋的愛
跟小煦的愛
跟我的愛
都不一樣

猜謎語

許赫

黃色的
吃樹葉
大隻的
很高很高
脖子很長
我知道
長頸鹿
答對了

黃色的
吃肉肉
大隻的
比長頸鹿小隻
頭髮很長
會大叫
我知道
是獅子
不對啦
噓
是媽媽

第一個字

馬尼尼為

我的耳朵眼睛已經爬上第一個字
我的雙手雙腳被第一個字喚醒了
那樣的光線正好
我長著體格強壯的雙眼
一個字　一個字爬過去

我爬上媽媽的頭髮
成了一支髮夾
我在她頭上看見日頭由紅轉黑
我和她一起游在夜晚的泳池裡
偷偷跑到山裡去看銀色的閃電

第一個字
是一個巨大的字
是在外太空睡覺的字
是孔雀魚講的第一個字
第一個字爬過第二個字第三個字
在咬過一口的吐司上
都被我吃掉了

小催眠曲

廖偉棠

兔驚兔驚，[註]
是鏡子開花了。
兔驚兔驚，
是白鴉睡成火焰朵朵。

孩子我不懂為你唱催眠曲，
即使有人贈我風做的吉他。
孩子孩子孩子，有更多浪尖
等待你大步流星躍過。

此刻我為你唱的是
一個未來的小冒險，
是鼴鼠先生帶來的一個小桃殼，
有帆有窗，在遠航。

呵，免驚免驚，
是紅靴子貓在模仿閃電伸懶腰。
免驚免驚，是鏡子開花了。

註 免驚，閩南語「別怕」的意思。家長可適當換成孩子熟悉的母語來唸誦。

主編

夏夏

個人詩集《德布希小姐》、《小女兒》、《鬧彆扭》，小說《末日前的啤酒》、《狗說》、《煮海》、《一千年動物園》。

編選詩集《沉舟記—消逝的字典》、《一五一時》詩選集、《氣味詩》詩選集，地方誌《親像鳳梨心：鳳山代誌》、《媽！我要住眷村：黃埔新村「以住代護」紀實》。

插畫

陳宛昀

高雄人。現職是自由接案的平面設計師，也常有插畫作品散見於書籍、雜誌和商業設計中。與家人和毛小孩們（四貓一狗）現居在高雄。

作者群

（依姓名筆劃排列）

吳俞萱

寫詩的我是一種容器，跳舞踏的我是另一種，身為母親的我也是一種容器。著有《交換愛人的肋骨》、《隨地腐朽：小影迷的99封情書》、《沒有名字的世界》、《居無》、《逃生》、《忘形》，試圖將詞語的初始含義還給詞語，將初始的詞語價值還給事物。

林蔓媧

喜歡有節制的說話和散步，與愛人、三隻貓兒子還有女兒一起生活。曾獲周夢蝶詩獎評審推薦獎、國家文化藝術基金會文學類創作補助、臺北市政府文化局藝文補助、大武山文學獎散文首獎、葉紅女性詩獎、好詩大家寫、教育部文藝創作獎。

林蔚昀

詩人，翻譯，媽媽。著有《我媽媽的寄生蟲》、《易鄉人》、《自己和不是自己的房間》。譯有《鱷魚街》、《給我的詩：辛波絲卡詩選1957–2012》、《如何愛孩子：波蘭兒童人權之父的教育札記》等作。

馬尼尼為 maniniwei

美術系卻反感美術系。停滯十年後重拾創作。

著散文《帶著你的雜質發亮》；詩集《我和那個叫貓的少年睡過了》；繪本《詩人旅館》等數冊。作品入選台灣年度詩選、散文選。另也寫繪本專欄文逾百篇。獲國藝會視覺藝術、文學補助數次。目前苟生台北。偶開成人創作課。

曹疏影

生於哈爾濱，北京大學碩士。二〇〇五年移居香港，現旅居台灣。兩個孩子的媽媽。有詩集《拉線木偶》、《茱萸箱》、《金雪》、散文集《虛齒記》、《翁布里亞的夏天》、童話《和呼咪一起釣魚》。曾獲香港文學雙年獎、香港中文文學獎、台灣中國時報文學獎、劉麗安詩歌獎，受邀參加二〇一七台北亞洲詩歌節，2019 Vermont Studio Center 華語詩人與翻譯計畫。與音樂人合作發掘詩的更多可能性。

許赫

詩人，斑馬線出版社社長與心波力簡單書店主人，正就讀政治大學民族學系博士班。二〇〇〇年開始在貓空 bbs 站以 harsh 謎語獸開始發表詩作，近年開始進行「告別好詩」創作計畫，並開始用詩來寫故事。曾經出版《囚徒劇團》、《郵政櫃檯的秋天》等七本詩集。

郭彥麟

父親，逐漸老且老很快的那種。喜歡寫字，文字已開始接受女兒評論。挫折，卻仍以顫抖如學筆的手繼續復健。童詩正是最好的復健，每一個自未知出發的想像，都是喜悅的一小步。不確定，為孩子還是為自己寫著童詩。與插畫家妹妹攜手創作繪本《刺蝟》、《穿山甲》。

游書珣

畢業於台灣藝術大學應用媒體藝術研究所，現為詩人、自由藝術工作者，育有孩兒兩隻，出版詩集兩本：《站起來是瀑布，躺下是魚兒冰塊》、《大象班兒子，綿羊班女兒》。

廖偉棠

詩人、作家、攝影師。寫有詩集《尋找倉央嘉措》、《野蠻夜歌》、《春盞》、《櫻桃與金剛》、散文集《有情枝》、《衣錦夜行》等二十餘本。

潘家欣

一九八四年生，擅長以文字與平面媒材進行跨領域創作。曾出版《負子獸》《失語獸》《妖獸》等詩集；二〇一八年主編詩選《媽媽＋1：二十首絕望與希望的媽媽之歌》。二〇一九年出版《藝術家的一日廚房：學校沒教的藝術史：用家常菜向26位藝壇大師致敬》。

謎

曾任毛毛蟲兒童哲學基金會編輯、《人本教育札記》採訪編輯。二〇一三年移居臺東鹿野，因緣際會有了帶領偏鄉小學社團寫作課的經驗。目前帶領大人寫作工作坊、自學生寫作課，以及共學團的小孩文字課。著有詩集《沒用的東西》，黑眼睛文化出版。

蔡文騫

高雄人，一九八七年生，育有一子渾號小狸貓，皮膚科醫師，一半時間是兒子的大玩具，曾獲若干文學獎，散文集《午後的病房課》。

蔡宛璇

成長於澎湖群島，自小喜愛美術、閱讀，十三歲起嘗試寫詩。一路學習造型藝術，並繼續詩創作。從事藝術創作與相關工作至今。育有一女一子。出版過詩集：《潮汐》詩文自選集（二〇〇七）、《陌生的持有》詩圖集（二〇一三）、《我想欲踮海內面醒過來》子與母最初的詩（活版印刷，與女兒阿萌合著，二〇一七）

小孩遇見詩
五個媽媽

0EYP1007

主編　夏夏
作者　吳俞萱、林夢媧、林蔚昀、馬尼尼為、曹疏影、許赫、郭彥麟、
游書珣、廖偉棠、潘家欣、賦、蔡文騫、蔡宛璇
繪者　陳宛昀

社長　陳蕙慧
總編輯　戴偉傑
責任編輯　鄭琬融
設計　陳宛昀
行銷企劃　陳雅雯、尹子麟、張元慧、洪啟軒

讀書共和國集團社長　郭重興
發行人　曾大福
印務　黃禮賢、李孟儒
出版　木馬文化事業股份有限公司
發行　遠足文化事業股份有限公司
地址　231 新北市新店區民權路 108-3 號 8 樓
電話　02-2218-1417
傳真　02-2218-0727
E-mail service@bookrep.com.tw
郵撥帳號　19588272　木馬文化事業股份有限公司
客服專線 0800221029
法律顧問　華陽國際專利商標事務所　蘇文生　律師
印刷　前進彩藝有限公司
初版一刷　2020 年 5 月
初版二刷　2023 年 4 月
定價　新台幣 360 元

ISBN　978-986-359-777-3

國家圖書館出版品預行編目(CIP)資料

小孩遇見詩：五個媽媽 / 吳俞萱等作 ; 夏夏主編. -- 初版. -- 新北市：木馬文化出版：遠足文化發行, 2020.05
面；　公分
ISBN 978-986-359-777-3(精裝)

863.59　　109002534